Para David McKee

Primera edición en inglés: 2005
Primera edición en español: 2006

Kitamura, Satoshi
    Pablo el artista / Satoshi Kitamura ; trad. de Marisol Ruiz
Monter, Laura Emilia Pacheco. – México : FCE, 2006
    28 p.: ilus.; 27 x 22 cm – (Colec. Los especiales de A la
orilla del viento)
    Título original Pablo the Artist
    ISBN 968-16-8271-8

    1. Literatura Infantil I. Ruiz Monter, Marisol, tr. II. Pacheco
Laura Emilia, tr. III. Ser. IV. t.

LC PZ7   Dewey 808.068 K213p

Distribución mundial para lengua española

Comentarios y sugerencias:
librosparaninos@fondodeculturaeconomica.com
www.fondodeculturaeconomica.com
Tel. (55)5449-1871 Fax (55)5227-4640

Empresa certificada ISO 9001:2000

Coordinación editorial: Miriam Martínez y Marisol Ruiz Monter
Traducción: Laura Emilia Pacheco, Marisol Ruiz Monter

Título original: *Pablo the Artist*

Copyright © 2005 Satoshi Kitamura

El derecho de Satoshi Kitamura a ser identificado como el autor e ilustrador de esta
obra ha sido asentado por él de acuerdo con Copyright Designs and Patents Act,
1988. Publicado por primera vez en Gran Bretaña, en 2005, por Andersen Press Ltd.,
20 Vauxhall Bridge Road, Londres SW1V 2SA.

D. R. © 2006, Fondo de Cultura Económica
Carr. Picacho Ajusco 227, 14200, México, D.F.

ISBN 968-16-8271-8

Impreso en México • *Printed in Mexico*
en IEPSA, durante septiembre de 2006
Tiraje: 8 000 ejemplares

Pablo el Artista

SATOSHI KITAMURA

LOS ESPECIALES DE

A la orilla del viento

FONDO DE CULTURA ECONÓMICA
MÉXICO

Los miembros del Club de Arte de la calle Pezuña estaban muy emocionados. Se había organizado una exposición para presentar su obra y todos, excepto Pablo, se dedicaban afanosamente a pintar. Él siempre había soñado con exponer una de sus pinturas en público, pero ahora estaba agobiado, de brazos cruzados frente a un lienzo en blanco.

Había pintado un jarrón de flores,

el retrato de un amigo

y hasta un cuadro abstracto,

pero nada lucía bien.

—Creo que estoy bloqueado:
no puedo pintar —suspiró Pablo
angustiado.

—¿Por qué no sales a dar un paseo y tratas de dibujar un paisaje para inspirarte? —le sugirió la señorita Hipo a la hora del té.

—¡Buena idea! —dijo Leonardo el León—. Para mí, después de un autorretrato, un hermoso paisaje puede ser el mejor cuadro.

Leonardo era muy bueno para el autorretrato.

—Creo que tienes razón —dijo Pablo—. Lo intentaré.

Así, a la mañana siguiente, Pablo despertó temprano
y se fue al campo.

Después de caminar un rato, encontró
una vista preciosa: un alto roble
con una arboleda al fondo.

"Éste será un bello paisaje", se dijo.
Acto seguido, extendió su caballete
y acomodó un lienzo.

Pablo trabajó toda la mañana.

Al atardecer ya había pintado el roble y una parte de aquel fondo verde.

—Me parece que se ve bien —titubeó Pablo—. Al menos es un comienzo. Lo haré mejor después de comer.

Pablo había llevado consigo una gran provisión de comida.

—Un elefante no sólo vive del arte —suspiró aliviado.

Así que devoró sus emparedados y, después de comer, se apoderó de él una gran somnolencia, por lo que se recostó en el pasto un momento.

De inmediato se quedó dormido.

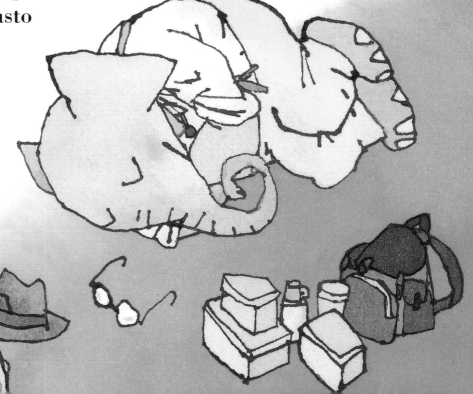

Una oveja paseaba por el campo y, al ver el lienzo
sobre el caballete en medio de aquel lugar, exclamó:

—¿Un cuadro? ¡Qué interesante!

Pero, mientras lo admiraba, sintió que algo le faltaba.

—Ya sé: ¡es el pasto! Le falta sabor —dijo.

Tomó un pincel y pintó el pasto
de un delicioso color verde brillante.

Una ardilla se escabullía por ahí.
Al ver el cuadro, se detuvo.
—¡Una pintura! —gritó, y la miró con curiosidad.
De inmediato se dio cuenta de que algo
le hacía falta.
—¡No tiene nueces! ¡No tiene nueces!
¡No veo ninguna! —dijo
sorprendida. Entonces, tomó
el pincel y le dibujó nueces
al árbol.

Un pájaro se acercó volando y revisó el cuadro.

—Si piden mi opinión, no funciona. Ningún pájaro extendería sus alas en un cielo tan desolado como ése.

Con su pico tomó el pincel y le dio al cielo un resplandeciente tono azul.

Después llegó un jabalí. Le echó un vistazo al lienzo y se paró de pezuñas.

—¡No! ¿Dónde está la arboleda en que vivo? ¿Cómo es posible que el artista la haya olvidado?

Y dio unas pinceladas verde oscuro al horizonte.

Un enjambre de abejas se acercó zumbando.

—¡Bzzz! ¡Bzzz, bzzz! ¡Bzzz! ¿Sin flores?
¡Le falta vida!

Entre todas tomaron un pincel y cubrieron
de flores el campo.

Ahora el cuadro lucía mucho mejor.

Y mientras los animales, el pájaro y las abejas admiraban el resultado, un lobo pasó vagando plácidamente por ahí.

Observó el lienzo con cautela y no dijo nada.

—Mmm —expresó por fin—. Está muy bien muchachos, pero podría quedar mejor. Colóquense todos frente al roble y no se muevan. No tardaré mucho.

Tomó un pincel y comenzó a pintar.

Una vez que el cuadro estuvo terminado, todos los animales se reunieron para admirarlo. Quedaron sorprendidos del resultado y, uno a uno, lo elogiaron.

—¡Es maravilloso!

—Espléndido.

—Estoy asombrado.

—Es usted admirable, señor Lobo.

—¡Bzzz, bzzz! ¡Es un genio!

Después, cada uno se fue a su casa.

Pablo despertó y bostezó.

—¡Qué sueño tan extraño! Y, ¡qué cuadro tan hermoso! ¡Ahora sé exactamente qué hacer!

Regresó de inmediato adonde estaba su lienzo
y comenzó a pintar.

Cuando por fin hubo terminado,
Pablo guardó sus cosas
y se fue a su casa.

En la inaguración de la muestra de pintura, el cuadro de Pablo fue la sensación y él se convirtió en la estrella del pueblo.

—¡Es maravilloso! ¡Espléndido! Estoy impresionado.
—Pablo: eres brillante.
—¡Eres un genio!

Para Pablo éste era un sueño hecho realidad.

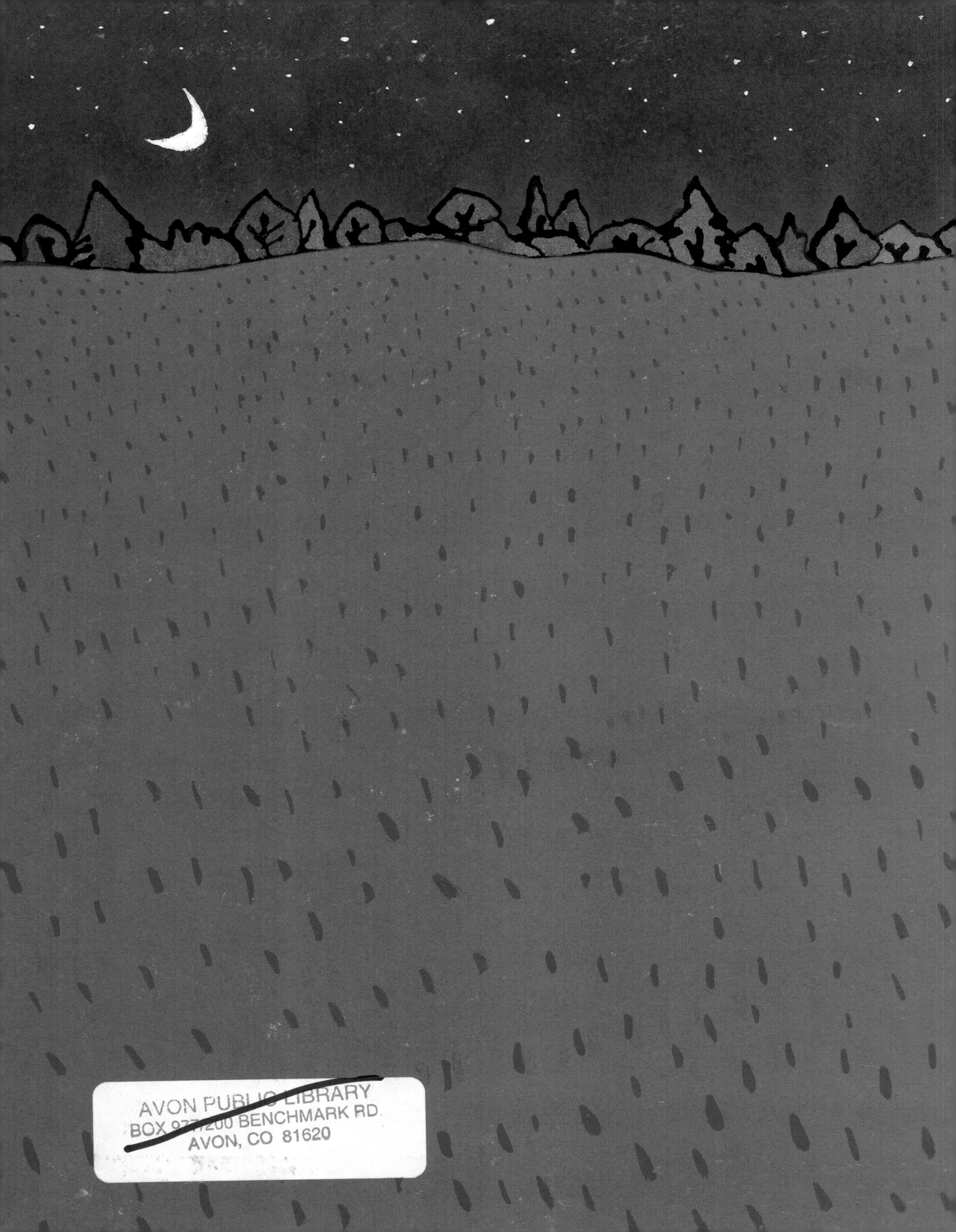